유급 인생

시작시인선 0314 유급 인생

1판 1쇄 펴낸날 2019년 12월 27일
지은이 안홍열
펴낸이 이재무
책임편집 박은정
편집디자인 민성돈, 장덕진
펴낸곳 (주)천년의시작
등록번호 제301-2012-033호
등록일자 2006년 1월 10일
주소 (03132) 서울시 종로구 삼일대로32길 36 운현신화타워 502호
전화 02-723-8668
팩스 02-723-8630
홈페이지 www.poempoem.com
이메일 poemsijak@hanmail.net

ⓒ안홍열, 2019, printed in Seoul, Korea

ISBN 978-89-6021-471-2 04810
      978-89-6021-069-1 04810(세트)

값 10,000원

*본 도서는 충청남도, 충남문화재단 의 후원으로 발간되었습니다.

유급 인생

안홍열

천년의시작

시인의 말

내가 쓰러져 있을 때 '풀꽃시인'에게서 안부가 왔다
나도 죽다 살았지만 당신은 아직 죽을 때가 아니오
어서 일어나 사경을 헤매는 당신 시에게
미음이라도 들게 하시오
한 번 죽어본 시인의 고언을 따르지 않을 수가 없지
모든 삶과 죽음에는 순서가 있으니
일단 접수창구에 가서 번호표부터 뽑고
황폐한 몸 구석 진료를 받아보기로 했다
생사의 경계에서도 떠올랐다는
그 신음의 시상을 거울삼아
아사 직전의 펜을 일으켜 세우고
몇 젓가락 미음微吟의 노래라도 불러보기로 했다

2019년 겨울
안홍열

차 례

시인의 말

제1부

속상한 날 ——— 13

대기만성 ——— 14

죽산낚시터를 지나며 ——— 15

영감靈感 ——— 16

목수는 연장을 허리에 차고 ——— 17

작은 노트 ——— 18

터럭을 자르다가 ——— 19

나그네새 ——— 20

마음 벼리기 ——— 21

사는 요령 ——— 22

집수리 ——— 23

피부병에는 어금니가 약이다 ——— 24

신발이 바뀐 날 ——— 25

구절초 ——— 26

쓰레기를 버리며 ——— 27

어떤 필사 ——— 28

날개 ——— 29

장애물 경기 ——— 30

나쁜 시 ——— 31

비상을 꿈꾸다가 ——— 32

적단풍 소고 ——— 33

제2부

열쇠집 주인 ——— 37

빈 의자 ——— 38

나는 그대의 옷걸이 ——— 39

어떤 주례사 ——— 40

삼월 삼짇날의 도피 ——— 41

화상 1 ——— 42

화상 2 ——— 44

고향 집 ——— 45

멘델스존 씨 미안합니다 ——— 46

외출용 비누 ——— 47

풀 ——— 48

바람을 맞다 ——— 49

그대여 편안하기를 빈다 ——— 50

말매미 ——— 51

이사 ——— 52

손풍금 1 ——— 54

손풍금 2 ——— 55

그리움과 그리움 사이 ——— 56

쇠똥구리 ——— 57

편의점에서 ——— 58

안면도 ——— 59

제3부

밭을 매며 ——— 63

연안부두 1 ——— 64

연안부두 2 ——— 66

잡초 ——— 67

나뭇잎 벌레 ——— 68

감 따기 ——— 69

마라톤 ——— 70

대청호를 맴도는 친구에게 ——— 71

나무는 잠든 듯 잠들지 않았나 보다 ——— 72

짐짓 죄를 짓고 ——— 73

유정란 ——— 74

까치밥 ——— 75

말뚝 ——— 76

도깨비바늘 ——— 77

안개 ——— 78

목욕탕에서 ——— 79

비누 같은 사람 ——— 80

수영장에서 ——— 81

봄이 오는 길목 ——— 82

정자 ——— 83

편의점에서 2 ——— 84

제4부

편지 ———— 87

난로를 피우며 ———— 88

고양이의 철학 ———— 89

시치미를 떼고 쓴 시 ———— 90

나무들이 서서 자며 ———— 91

이상한 하늘 ———— 92

모든 돌에게는 뿌리가 있다 ———— 93

늦은 은행잎 ———— 94

수선화 ———— 95

권정생 ———— 96

미세먼지 ———— 97

우리 동네 막창집 1 ———— 98

우리 동네 막창집 2 ———— 99

시인이 그러면 쓰나 ———— 100

마음은 청춘 ———— 102

나비의 꿈 ———— 103

가송리 ———— 104

이야기꽃이 피다 ———— 105

회전교차로 ———— 106

이팝나무에게 ———— 107

발치拔齒 ———— 108

해 설
황정산   삶에 대한 성찰과 부정의 시학 ———— 109

발 문
나태주   안홍열을 위한 쪽글 ———— 126

제1부

속상한 날

살다 보면 속상한 날이 있지
연일 속이 상해서 앞길이 막막한 날은
애매한 마누라 잡지 말고
차라리 홍어처럼 상傷하러 가자
혹시 코가 뻥 뚫리듯
상한 속도 뻥 뚫릴지 몰라
속이 상한 것도
홍어처럼 잘만 삭히면
나중 쓸모 있게 될지도 몰라
날마다 속상하다가
고약한 냄새나 풍기다가
결국에는 우리 누구나 썩어버리고야 말겠지만
썩어도 어떻게 썩느냐가 중요하지
어지러이 쪼개지고 갈라진 땅
한 줌 밑거름이라도 되기 위해
속상한 날은
홍어처럼 상傷하러 가자

대기만성

구 도심지 주변에는
점집이 많다
모두들 몇 번씩 주소를 옮길 때
이사 못 간 것 자랑이라도 하는 듯
한 집 건너 깃발이 펄럭인다
한 사십여 년 전
친구 따라 점집에 간 일이 있었다
지금은 기억이 희미하지만
대기만성이라는 점괘占卦였으리라
그 점쟁이 말이 맞는 것 같다
최근에는 바로 앞집에 깃발이 하나 더 꽂혔다
말년에 대문 앞에 큰 대나무 깃대를 세우고
오색 깃발 펄럭이며 살게 되었으니
그 예언이 딱 들어맞지 아니한가
이제사 나에게도
높은 깃대 하나 꽂고 살 때가
드디어 도래했다

죽산낚시터를 지나며

나의 대표작은 물이다
낚시터 주변에 드리운 물그림자
수면 위에 비친 흰 구름이다
생이 저물도록 낚시를 했는데
무엇을 낚았는지
망태는 텅 비었다
물만 가득하다
빈 낚싯바늘에 걸린
일생의 역작
나의 대표작은 물그림자이다
빈 망태다
내 영정 아래에는
술잔 대신
물 한 대접 놓아다오

영감靈感

꿈에서도 떠오르지 않는
이웃집 할매의 죽은 영감슈監처럼
내 영감靈感도 늙어 꼬부라져
죽고 말았을까
무정한 사람을 만나 평생 정 없이 살다가
기역 자로 꼬부라진 허리 두드리며
슬프고 외로워 이 세상 하직한 것일까
메마른 머리만 쥐어뜯다가
두통이 나서 누웠는데
잠은 첫사랑처럼 저 멀리 달아난다
평생 무뚝뚝하게 살았으니
꿈에서라도
그 화상畵像이 떠오를 리가 없지
죽은 대추나무 움트듯
저세상으로 떠나간 영감이 떠오를 리 없어
내 영혼은 오늘도
밤거리를 헤매이누나

목수는 연장을 허리에 차고

연장을 허리에 차고 일하는 목수처럼
살면서 가까이 두어야 할 것들이 있다
소소한 물건도 가까이 두고
자주 사용하지 않으면
쓰는 시간보다 찾는 시간이 많다
사랑한다는 말도 그렇다
자주 쓰지 않으면 찾기가 어렵다
요즈음 대화를 나누다가
적당한 단어가 떠오르지 않거나
이름이 머릿속에서 기억나지 않거나
방금 전에 한 말이 무슨 내용인지 몰라
곤혹스러울 때가 많다
목수가 연장을 미리 갈고 닦아
몸 가까이 지니는 것처럼
지나간 기억을 허리에 찰 수도 없고
걱정이 걱정을 낳아
걱정이 많아지는 게 또 걱정이다
지금도 머리맡에 걱정이 즐비하다

작은 노트

경조사 명부 작성하듯
생전 신세 진 명세를 작성해 보기로 했다
언제 만날 수 있을지
너무 멀리 있어서 못 보고 죽을지라도
아니 이미 이 세상 존재가 아니더라도
오래오래 독방에 간직하고 싶은 이름
약속어음만 남발하다가
부채를 감당 못 하고 부도가 났으니
죽기 전에 파산선고를 신청하고
회생 절차를 밟기로 했다
그동안 외로움의 거적때기를 깔고 앉아
목마른 깡통 하나 놓고 목숨을 구걸할 때
한 푼 두 푼 적선해 준 고마운 이들
그 인정을 잊고 싶지 않아서
이름이라도 적어두기로 했다
오늘도 몇몇의 이름을 적고
무릎 꿇고 두 손 합장했다

터럭을 자르다가

세수를 하고 거울을 보니
코털이 삐죽 나와 있다
가위로 자르니 눈썹도 몇 가닥 길다
눈썹을 자르니 귀밑머리가 삐져 보여서
왼쪽 머리를 자르니
오른쪽이 머리가 길어 보이고
기왕에 가위를 든 마당에
자꾸 흘러내리는 앞머리도 조금 자르니
이번에는 뒷머리가 길다
아뿔싸
그동안 내가 무수히 뱉어버린
보기 흉한 말과 글의 터럭
어지러운 저 발자국은
잘라낼 수가 없으니 어쩌랴
그 숱한 만행漫行은 나중에
흉한 만장輓章이 되어 내 관을 덮겠지

나그네새

남자들이란 죽을 때 철든다는데
철없던 시절
나그네라는 말이 근사해 보여서
정말 나그네가 된 시인이 있었지
꿈은 꿈속에서나 아름답다는 걸 모르고
이곳저곳 뜬구름 따라 흐르며
실패의 발만 동동 구르며 살았으니
그가 거느린 식솔
그가 쓰는 글도 헐벗고 추웠지
새 중에도 나그네가 있다는데
그 새는 왜 나그네새가 되었을까
나그네처럼 떠도는 새이니
지금도 낭만의 강가에서
근사한 먹이를 쪼고 있을까
자식들 밥이나 굶기지는 않고 있을까
나그네 시인처럼
마누라 덕에 밥은 얻어먹고 있을까

마음 벼리기

어떤 소설가가 사전을 옆에 끼고 살았다는 말을 듣고
붓이 몽당 빗자루가 되도록 글을 써도 인생 유급을 면
치 못하던
만년 서생이 둔한 머리를 탓하며 숫돌을 베고 자기로 했다
지나가던 돌팔이 중이 그 말을 듣고
드디어 득도의 길을 찾았노라고 목탁을 두드렸다는데
아무렴 돌도 사용하기 나름이지
야곱의 돌베개, 자서전, 저명한 석학의 호, 유명 출판사
이름도 있고
'아이돌'이라는 인기 가수와 '돌아이'라는 영화도 있으니
'또라이' 같은 짓에 시간 낭비하지 말고
숫돌이라도 베고 자면 혹여 하루아침에
우화등선羽化登仙할지 누가 알겠는가
아니다 돌 방석에 돌침대까지 세트로 장만하면 좀 더 빨
리 득도하리라

사는 요령

바보야, 선착순이란
처음에는 천천히 뛰다가
결정적일 때 사력을 다해서 달리는 거야
그렇게 대강 철저히
눈치껏 시간 때우는 게 군대 생활 요령이듯
인생살이도 요령이라고
당진에서 연기로, 연기에서 대전으로
이리저리 사는 요령을 피워보았다
요령이 히히 웃었다
그가 툭툭 어깨를 두드려주었다
이왕 시작한 마당에 갈 데까지 가보자
대전에서 부여로, 부여에서 천안으로
다시 예산, 태안으로
요령에 요령을 피워
나는 그 꼭대기까지 올라가 보았다
거기 비루먹은 당나귀 한 마리
히히힝 요령을 요령껏 피우고 있었다
요령의 늙은 꼬리를 흔들며
요령껏 콩이나 주워 먹고 있었다
저승사자 앞에서도 요령이 통할까

집수리

새 집 짓기보다
헌 집 수리가 더 힘들다는데
고집을 부렸다
새 집에는
묵은 마음이 들어가 살기가
어려운 법이라고
궤변의 망치를 들었다
빗물받이는
설치하지 않기로 했다
옛 친구 같은
낙숫물 소리가 찾아오라고
또닥또닥 떨어지는
낙숫물 소리에 기대어
묵은 친구 생각하려고

피부병에는 어금니가 약이다

억지가 의술을 넘어서기도 한다
한 이 년 피부병으로 고생할 때
병원을 여러 군데 다니며
여러 의사를 만났다
가는 곳마다 병명이 다 다르다
접촉성 피부염, 자극성 피부염
결절성 양진, 면역 결핍증
그냥 웃으며
진료카드만 작성하는 분도 있다
백약이 무효인지라
스스로 처방을 내렸다
작은 자극은 큰 자극을 부른다
피부가 긁어달라는 신호를 보낼 때
어금니를 악물고 버티자
그 약을 삼시 세 때 복용했더니
어느 날부터
시나브로 병이 가라앉았다
만성 피부병에는 어금니가 약이다

신발이 바뀐 날

발에도 눈이 있는가 보다
새로 사 신은 지 얼마 안 되는
신발을 신고 음식점에서 나오는데
아무래도 발바닥 감촉이 낯설다
눈으로 보면 구분이 안 되지만
눈이 없는 발이 제 것이 아니라고 우긴다
발에도 눈이 있는 모양이다
발이 아주 불편한
바뀐 신을 신고 돌아오며
내가 살아온 인생길도
혹시 바뀐 신발을 신고 허둥댄 것은 아닐까
헛것만 바라보고 헛발질만 하고 산 것은 아닐까
지금도 인생을 헛살고 있는 것은 아닐까
겉모양만 신경 쓰다가
얼추 비슷한 그림만 그리고 산 것은 아닐까
집으로 돌아오는 길이 혼란스럽다
보이는 것 모두 낯설다

구절초

무릎 연골軟骨이 파괴된
어떤 유급 인생留級人生 하나가
어기적어기적
영평사 비탈길을 오르는데
어머니가 떨구고 가신 눈물 같은
구절초가 나직이 충고한다
우리 늦깎이 꽃처럼 남들 다 피고 진 후
늦은 가을 저녁 무렵에
천천히 피는
지각생 꽃도 있노라고
양지쪽에 자리 잡은 꽃 다 피고 진 후
이름 없는 음지 산비탈에
느지막이 낮달처럼 피는
그런 인생도 있노라고
구절초가 나지막하게
들릴 듯 말 듯 속삭인다

쓰레기를 버리며

손님으로 방문한 집에 가서
너무 많은 폐를 끼치고 온 아이는
자신이 무엇을 잘못했는지 모른다
철이 없으니까
철이 없어도 지구는 돌고
철부지가 자라 어른이 되지만
철이 난다는 것은
세월과 무관한 모양이다
머리가 희도록 살았어도
나는 철없는 어른
차표도 없이 무임승차한 채
지구를 타고 평생 우주 소풍을 하면서
너무 많은 폐를 끼치고 살았구나
아직도 철부지 아이처럼
시니어패스 한 장 훈장처럼 들고
히히덕 소풍이나 하고 있구나

어떤 필사

지지고 볶고 울고불고
읽고 치고 두드리고 지르고……
결가부좌 틀고 참선하다가
슬럼프에 빠지기도 하다가
결국 서툰 말과 서툰 글쓰기를 멈추고
서툰 눈과 귀를 빌려
남의 기도를 필사하기로 했다
차라리 다른 집의 장맛을 염탐하며
실패의 비법을 터득해 보기로 했다
나락에 떨어지는 아픔을 베끼다가
비운悲運의 운세까지 암송하게 되면
빌고 빌던 손을 허공에 냅다 휘저으며
한 곡조 꺾어보기도 하면서
팔자를 바꾸는 재주가 없는 나는
이지러진 관상을 따라
그냥 지나가는 바람의 그림자라도
미행해 보기로 했다

날개

참척의 고통에 비하랴만
곱씹을수록 뼈가 아프다
연식이 오래된, 한 번 반환점을 돌아온 연골은
교체할 부품이 없다는 사실을
간과하고 살았다는 어처구니에
정말 뼈가 아프다
짧게는 1년, 길어야 3년
무릎관절 시한부 선고를 받고 일어서는데
실화인지 영화인지
갑자기 필름이 뚝 끊기며
스위치 하나로 폭삭 주저앉는 건물의 환영幻影
먼지를 뒤집어쓴 아내의 얼굴이 보였다
재생이 안 된다면
재탄생이라도 해보는 수밖에 없지
1년 후 검진 예약을 하고 돌아오며
절망의 겨드랑이에
날개를 달아보기로 했다

장애물 경기

사람 사는 일은
목표를 향해 올라갔다가
반환점을 돌아 다시 내려오는
장거리 장애물 경기 같다
등에 진 짐이 무거울수록 힘들다고
다 내려놓고 살기로 했지만
오늘도 손풍금을 짊어지고 집을 나서다가
계단에서 고꾸라질 뻔했다
동갑내기 한 친구도
낙상으로 몸져누웠다가 일어나지 못했는데
사람 사는 일은
허들이 설치된 트랙을 도는 게 아니라
각자 욕심껏 짐을 지고 목표를 향해 올라갔다가
반환점을 돌아 내려오는
거리도, 무게도, 시간도 제한 없는
자기 혼자 뛰는 장애물 경기 같다

나쁜 시

마음속에 낫과 호미가 없으면
온갖 말은 잡초다
어떤 종자든지
적기 파종은 기쁜 일이지만
키우는 일은 하늘의 몫인데
입산수도하면 다 중이 되는 줄 알고
절집 언저리에 기대어
알 수 없는 염불이나 중얼거리다니
이제 정신마저 혼미해진 모양이다
떠돌이 개도 길들이면
가축이 되지만
사랑의 끈을 놓으면
다시 들개처럼 무국적자가 된다
내일 죽어도
오늘 쓰고 싶은 한 편의 목숨 같은 시
내가 그토록 찾아 헤매는 문장들은
지금 어디서 풍찬노숙을 하고 있을까

비상을 꿈꾸다가

무릎 연골 사망 선고를 받은 이후
가끔 새처럼 날고 싶지만
새같이 입이 작을 수도 없고
눈이 선할 수도, 다리가 가늘 수도
똥을 조금 눌 수도 없으며
발톱 속에 감춘 죄가 새만큼 가벼울 수도 없어서
지상에 직립하는 것에 만족하기 위하여
비상의 꿈을 포기하고 그냥
좌변기에 앉아 일을 보기로 했다
계단보다 엘리베이터, 의자, 경사로, 지팡이 등
모든 보통명사들이 막히고 무너지는 소리를
꿈속에서도 들으며
산책과 양반다리와 무릎 꿇는 행복을
꿈꾸는 방향으로 목표를 수정했다
적은 오랑캐가 아니고
쌀이며 밀가루 빵 같은 탄수화물
그 입력의 양과 질이다

적단풍 소고

살아남기 위해서는
변신을 잘해야 하리
비겁한 열정은 욕먹어 마땅하지만
싹을 세우고
푸른 잎을 무성히 피우던 무더운 여름날
더위에 눈멀어
때로는 숨죽여 너를 속이고
변명으로 일관하기도 했지만
누가 무어라 해도
너를 위해 꿈을 버린 적은 없다
아름답게 죽기 위해서는
변신을 두려워하지 말리라
때로는 위장술이
진실보다 더 진실하므로
사랑을 위해 꾸미고 또 꾸미는 것은
죄가 아니다

제2부

열쇠집 주인

우리 집 근처 열쇠집 주인은
늘 웃는다
한 평도 안 되는 가게 안에서
큰돈을 버는 것도 아닐 텐데
얼굴 가득
웃음의 잔이 넘친다
웃음보가 하나 더 있는 모양이다
가만히 생각해 보니
내가 평생 찾아 헤맨 열쇠를
그는 가지고 있지 않을까
오늘 그에게 전화를 해야 하겠다
이렇게 늦은 나이에
행복의 문으로 들어가는 열쇠를 분실했으니
딱한 처지에 놓인 나그네에게
웃음의 집으로 들어가는 문을
어서 와서 열어달라고

빈 의자

약효가 떨어지고 난 뒤
누군가 내 이름을 버리듯
공터에 내다 버린
비바람 맞고 있던 빈 의자
가랑잎이 내려앉고
나뭇가지가 내려앉고
풀씨도 한 톨 내려앉더니
싹이 터서 자라고
꽃 피우고 열매 맺고
의자와 한 몸이 되었다
비로소 전생의 임자를 만났다

나는 그대의 옷걸이

괜찮다, 그대의 옷걸이라고
뒷소리를 들을지라도
정신이 나간 놈이라고

느낄 수 있다면
그대의 따스한 온기
그대가 지친 마음을 걸어놓을 수 있게
나는 그대의 옷걸이

괜찮다, 무슨 놈의 소망이 그러냐고
손가락질쯤은
흉보더라도
나는 그대의 옷걸이

정말 제발 좋겠다
그대의 옷걸이라도 되었으면
단 한 번만이라도
두 번도 아니고, 아니 죽더라도
꿈에서라도
나는 그대의 옷걸이

어떤 주례사

주례를 서기 위해
과거를 깨끗이 닦아 봉투에 넣고
전철을 탔는데
맞은편 자리에 앉아있는 노부부의 풍경이
예사롭지가 않다
키가 아주 큰 남편이 고개를 깊이 숙이고
키가 아주 작은 아내의 말을
열심히 귀 기울여 들으며
연신 고개를 끄덕이고 있다
초등학교 일 학년 학동 같다
그렇다, 부부란 키를 맞추는 것이다
키를 맞추듯 생각도 맞추고
꿈도 맞추고
목적지도 맞추는 것이다
그렇게 살다가 내릴 역에 다다르면
눈빛으로 신호를 보내
말없이 함께 내리는 것이다

삼월 삼진날의 도피

도피 자금도 없이
도망친다는 것은 무모하지만
급하면 미처 피지 못한 꽃봉오리
그늘 아래로라도 숨어야 하리
날아가기를 잠시 멈춘 화살나무가
참새 몇 마리 품어줄 때
새치기로라도 잠시 신세 좀 지다가
눈치 봐가며 다음 숨을 곳을 생각하면 되리
삼월 삼진날 오지 않는 제비처럼
미래가 답장을 보내지 않더라도
지금 불안을 찾아 떠나지 않으면
기다리던 고향의 할미꽃은
피었다 지고
피었다가 지면서
남은 목숨 모두
새하얗게 꼬부라지고 말 터이니
더 늦기 전에
유치권 행사 중인 빈 통장이라도 들고
게 눈 감추듯 잠적해야 하리
게거품으로라도 흉터를 감춰야 하리

화상 1

오른손에 화상을 입고 약국에 갔더니
부부 약사가 낭패한 표정으로
빨리 병원부터 다녀오라고 재촉한다
병원에 갔더니 간호사들의 표정이
나보다 더 어둡다
쓰고 있는 글이 걱정되어 의사에게 물었다
손가락을 쓰는 데 얼마나 걸리겠습니까
의사가 내 얼굴을 힐끗 보더니
화상의 원인에 따라 다르고
화학약품으로 입은 화상이 제일 고약해서
살을 파고들기에 오래가며
화상은 하루 이틀 지나봐야 안다고
아주 무심하게 말한다
그 와중에도
무덤덤한 의사가 밉고
혀를 차며 걱정해 주는 약사가 고맙다
불행 중 다행으로 최악은 면했지만
쓰고 싶어도 써지지 않는 아둔한 감각
하등동물 같은 촉수까지 잃지 않을까
그것이 걱정이다

화상보다

하다가 만 숙제가 자꾸 걱정이다

화상 2

아내가 말리는 일을
고집을 피우며 강행하다가
오른손에 화상을 입었다
종처럼 부려먹던 오른손 대신
그동안 적조했던 왼손을 쓰자니
모든 게 서툴고 서먹하다
가만히 생각해 보니
기쁘고 중요한 일은 오른손에게 맡기고
왼손에게는 궂은일만 시키며 살았다
본의는 아니지만
일란성쌍둥이를
좌와 우, 네 편과 내 편으로 구분하고
차별 대우를 한 건 아닐까
화장실에서 뒤처리를 하며
문득 그걸 깨닫고
왼손에게 미안했다
새삼 왼편에게 미안했다

고향 집

오랜만에 도배지를 싣고
기별도 없이 찾아간 고향
비는 추적추적 내리고
대문은 생각보다 무거웠다
쓸쓸한 마루와 불쌍한 기둥
엉거주춤 웅크린 대들보
그동안 얼마나 속상한 세월을 보냈는지
어깨가 축 처진 집은 허리가 굽어
추녀가 땅바닥까지 닿아있었다
이 지경이 되기까지
고향 집도 부축하지 못하고 살았구나
비뚤어진 벽에 맞추어 종이를 자르고
때늦은 후회의 풀을 칠해
불쌍한 벽을 발랐다
허물투성이 내 치부를 도배질했다

멘델스존 씨 미안합니다

개시가 괜찮으면 하루 장사는 비교적 잘 풀리지만
몸 밑천만 가지고는 장돌뱅이 신세를 면하기 어렵다
시장 바닥에는 그 나름의 상도의가 있어서
좌판을 깔아도 밑밥을 넉넉히 준비해야 하는데
하물며 엄숙한 웨딩 마치를 울리는 마당에
작곡자가 누구인지 몇 분의 몇 박자로 걸어야 하는지
주먹구구로 예식을 치루었으니 정답보다 오답이 많다
혼인 서약을 지키는 일은 남의 보증을 섰다가 알거지가 되어
일생 동안 써야 하는 반성문이므로 아무리 훌륭한 주례사
를 들어봤자
첫 발자국부터 스텝이 꼬인다
손익계산에 어두운 장돌뱅이가 결국 유급 인생이라고 자
술서를 쓰면서
한마디 덧붙여 멘델스존 씨 미안합니다

외출용 비누

우리 집 욕실에는
내가 외출할 때 사용하라고 준비한
둥그스름하고 향기 짙은
좀 특별한 비누가 하나 따로 있다
집 안에서야 어쩔 수 없지만
집 밖에서만이라도
무덤덤하지 말고 모나지 말고
둥그렇게 살라고
만났다 헤어진 뒤에도
또 만나고 싶은 사람 되라고
아내가 챙겨놓은 외출용 비누
숙제하는 아이처럼
얼굴도 손도 마음도
그 외출용 비누로 닦으면
착한 어른이 될 수 있을까
평생 몸에 밴 버릇이
실내용과 실외용으로 바뀔 수 있을까

풀

내 마음속에 풀이 있다
풀밭이 있다
영원히 자라고 있는 것
뽑히고 잘려도
끝내 포기하지 못하고 있는
저 청춘의 그림자 같은 것
적잖이 나이를 먹었는데
아직도 버리지 못하고 저 푸른 약속을
만지작거리고 있는 것은
이젠 접어야지 맹세를 하고 또 했는데
아직도 버리지 못하고 끌어안고 있는 것은
죽지 않고 영원히 되살아나는
어릴 적 꿈
그 푸른 풀이 자라고 있기 때문이다
푸른 풀밭이 있기 때문이다

바람을 맞다

바람을 맞고 돌아오는 일은
쓸쓸하기야 하지만
꼭 손해만은 아니다
어떤 구름 속에 비가 들어있는지
알 수 없기 때문이다
믿고 의지했는데
언제나 변함없을 줄 알았는데
전화를 걸어도
문자를 보내도 대답이 없어
바람을 맞고 돌아오는 날
쓸쓸하기야 하지만
어떤 바람 속에 향기가 숨어있는지
알 수 없기에
바람을 맞고 돌아오는 일은
외롭기야 하지만
반드시 손해만은 아니다

그대여 편안하기를 빈다

이웃집 집값이 떨어지면
내 집값도 내려가듯
이웃사촌 속이 아프면 나도 아프다
무릎이 고장 나서 수영장을 출입하다가
귀가 아파서 이비인후과에 갔다
애초 팔자에 없던 수영을 하게 되었으니
귀에 물이 들어가고
중이염인지 외이도염인지
탈이 난 것, 자업자득인데
의사가 진찰하더니
귀가 아니고 코가 문제라고 한다
귀와 코는 바로 이웃사촌이라
사촌이 땅을 사면 내 배가 아프듯
코에 병이 나서 귀도 탈이 난 것이다
자식이 몸져누우면 부모가 아프듯
그대 마음이 아프면 나도 아프다
그대여 부디 편안하기를 빈다

말매미

말매미는 철이 지나도
철이 나지 않는다
영원한 철부지다
꼭 더위가 한창일 때면 찾아와
예나 지금이나 대책 없이
가슴에 불을 지핀다
여름철만 되면 떠나고 싶었던
철없던 시절 무전여행을
지금이라도 떠나자고 보챈다
더울수록 점점 더 몸을 비벼대며
어서 맨몸으로라도 떠나자고
남이사 시끄럽거나 말거나
듣거나 말거나
더위와 한 몸이 되어
어서 여행을 떠나자고 보챈다
내 나이가 몇인데

이사

한번 붙은 정은 쉽게 떨어지지 않아서
오래전에 이사 간 친구 얼굴이
아직 떠나지 못하고 주변에 망연히 머물러있다
그와 마지막 인사를 나누던 해장국집 앞
그가 살던 아파트 근처
함께 참석했던 향우회

이 세상에서 가장 살기 좋은 곳은 어디일까
어느 목사가
천국 가고 싶은 사람 손 드시오 했더니
한 사람도 빠짐없이 손을 들길래
지금 천국 가고 싶은 사람 손 드시오 했더니
한 사람도 안 들었다는 우스갯소리처럼
정붙이고 사는 곳
지금 여기가 천국이 아닐까

우리 모두 여러 번 이사한 경험이 있지만
아직 이사할 곳이 한 군데 더 남아있다
세상을 바꾸는 마지막 이사
그때는 정을 두고 갈까 떼고 갈까

오래 아프면 정이 떨어진다고 하니
마지막 이사 날짜를 미리 잡아서
정은 두고 가고 싶다
저 하늘에 반짝이는 수많은 별 중에 하나를 골라
내 정을 묻고 가고 싶다

손풍금 1

기다려도 편지가 오지 않는다면
용기 내어 찾아가 고백을 하자
이름도 정겹고
소리도 정겹고
마음도 정겨워서
오래도록 그리워하며 애태우던 향기
그 자취를 쉬엄쉬엄 찾아 나서기로 했다
빈약한 가슴이지만 그를 끌어안고
그 온기를 느껴보고 싶어
그 품속을 더듬어보기로 했다
오른손과 왼손이 듀엣을 이루어
서로 따뜻하게 어루만지며
언덕 위의 오두막집 같은
조촐한 오케스트라를 꾸며보기로 했다

손풍금 2

바람이 부는 날
낯선 지방으로 여행을 떠나는 일은
맨몸으로 걸어도 즐겁다
특히 시간이 넉넉할 때는
완행열차 차창으로 지나가는 풍경만 봐도
이국적이다
바람결을 타고 온 어떤 이방인이
옆에 기대앉으면
정신까지 혼미해질 것이다
목적지가 어디라도 상관없다
징검다리 눈으로 악보를 보고
보이지 않는 손가락으로 미래를 더듬으며
고장 난 유성기에서 흐르는 소리처럼
엇박자로 움직이는 파티를 즐기다가
종착역에 다다라
그만 하차하라는 안내 방송이 나올 때
잃어버리신 물건 없이
자리를 털고 내리면 된다

그리움과 그리움 사이

우리 몸속에 많은 관절이 있듯이
마음속에도 관절이 있어서
한 맺힌 생각을 내려놓고
마음을 굽힐 때는
무릎이 아프지 않도록
부드러운 연골이 있어야 한다
당신과 나의
하얀 그리움 사이에도
아련한 뭉게구름이 있다
그리움과 그리움이 만나서
무릎을 꿇을 때
서로 아프지 말라고
양 떼 같은
마음의 뭉게구름이 있다

쇠똥구리

콧대는 높으면 높을수록
가격이 떨어지고
고개는 숙이면 숙일수록
가격이 올라간다
남자에게 먼저 손 내밀기가 싫어
이별을 선택하는 여자도 있고
체면에 걸맞은 자리를 고르느라
이리저리 시간을 낭비하다가
늦은 이력서를 쓰면서
아직도 자존심이란 걸 만지작거리는
못 말리는 인생도 있을 것이다
굼벵이가 구르는 재주라도 있는 것처럼
이제라도
가격이 떨어진 쇠똥 같은 자존심 버리고
거꾸로 서서
쇠똥이나 둥그렇게 만들어 굴리는
쇠똥구리가 되면 어떨까

편의점에서

선택은 사랑이다
한참을 생각하고 혹은 눈으로 만지고
손으로 잡았다가 놓고
또 들었다가 놓고
전화를 걸어 물어보기도 하고
사진을 찍어 보내기도 하고
계산대까지 왔다가
다시 바꾸기도 하고 환불하기도 하고
한 바퀴 비잉 둘러보다가
그냥 나가기도 한다
작은 물건 하나도
저렇듯 고르기가 쉽지 않은데
사랑은 매 순간이 선택이다
그동안 나를 선택해 준 그 모든 사람들
그 모오든 인연들이 고맙다

안면도

드르니항을 들르지 않고 안면도에 가면
어디서부터가 섬인지
내가 지금 섬에 들어와 있는지
섬이 내게 들어와 있는지 헷갈린다
그동안 여러 섬을 여행하는 사이에
섬이 육지로 바뀐 것도 아닐 텐데
저 미끈한 소나무
저 수많은 해수욕장
드넓은 논밭에 편안히 누워 안면安眠하고 있는
뭇 즘생들을 일별一瞥하면
아름다운 풍경에 취하지 않아도
이곳이 섬인지 반도인지 육지인지
도무지 헷갈린다
섬 속에서 섬을 찾다가
평균 팔십도 못 사는 목숨
내가 도착하고자 하는 그 섬은 어디일까
극락에 와서 극락을 찾고 있는 것은 아닐까

제3부

밭을 매며

밭을 매고 있는데
풀들이 풀풀댄다
힘없는 우리를 뽑지 말고
더 큰 곳에 가서 힘을 쓰시라고
말없이 뽑히는 우리는
모든 걸 다 버리고 여기 이렇게
문패 없는 백성으로 살고 있는데
따지고 보면 피차 만만한 신세
하느님이 주시는 비를 기다릴 수밖에 없는
너나 나나 같은 천수답 처지에
누가 누구를 뽑을 수 있는지
밭을 매고 있는데
풀이 풀풀대며 하소연한다
죄 없고 힘없는 우리만 뽑지 말고
당신 마음속 잡초부터
먼저 뽑으시라
아니 이 세상을 그르치는 저 많은 잡초
그것부터 먼저 뽑으시라

연안부두 1

멀리서 그리워만 하던 어제의 용사들이
여행 겸사 연안부두에 다시 모였다
지금은 현역에서 물러났지만
아직 폐선하기엔 아까운 배들이
꽃게찜과 밴댕이무침을 먹으며
녹슨 엔진에 시동을 걸어보았다
먼 바다로 조업을 나갈 수 없다면
항구의 아름다운 삽화라도 되자
항구를 빛내는 건 싱싱한 물고기만이 아니다
어선 주위를 서성거리는 갈매기
항구를 끼고 연신 누르는 셔터
젊은 연인들의 배경이라도 되자
불그레한 노을 속으로 젖어 드는 뱃고동
좀 역겹더라도 몸이 끌리는
젓갈 냄새라면 어떤가
약간 허풍스러워도 사람 냄새 물씬 풍기는
다복집 아주머니
낡으면 낡은 대로 괜찮다
연안부두의 그 무엇이라도 되자고
먼지를 털어낸 어깨를 서로 다독이며

24번 시내버스에 올라
동인천역으로 향했다

연안부두 2

당진에서 올라오거나
서울, 인천, 경기 지방에서 모여든
그리운 벗들과 연안부두에서
단체로 밴댕이무침을 먹었는데
세월이 무상하기도 하지
장래가 울창했던 어제의 용사들 가운데
소갈머리 없거나
주변머리가 없는 친구
혹은 대머리가 된 친구들이 더러 보였다
머리숱이야 세월 따라 오고 간다지만
솔직히 말하여 우리들 중에
소갈머리가 밴댕이 속보다 좁은 사람은
누구일까 생각해 보았다
일행 아무도 모르게 먼저 일어나
미리 밥값 계산을 끝낸 친구를 보며
내 소갈머리는 몇 푼이나 되나
밴댕이무침으로 유명한
다복집 카운터 앞에서 계산해 보았다

잡초

원래 이 땅의 주인은
너도 아니고 나도 아니고
풀이었지, 나무였지, 벌레였지
입맛이 까다로운 누군가
풀 중에서 풀을 고르고
나무 중에서 나무를 고르고
벌레 중에 벌레를 골라 사랑하니
여느 풀들이 심술이 났지
여느 나무, 벌레들이 화가 났지
그래서 틈만 나면
이름 없는 풀과 나무와 온갖 벌레들이
모든 논과 밭에
기를 쓰고 뿌리를 내리지
죽자 사자 자손을 퍼뜨리지
원주민 노릇을 하기 위해서
자기 조상 땅을 찾기 위해서
이 땅의 풀뿌리 민주주의를 위해서

나뭇잎 벌레

누군가를 속이는 데에는
그들을 따라올 자가 없다
나뭇잎에 붙어사는 벌레는
나뭇잎과 구별이 안 된다
먹고살기 위해
스스로 나뭇잎이 된 것이다
위장술에 생사가 달린
나뭇잎 벌레처럼
삶이란 주변 풍경과 닮는 것이다
이웃과 물들고
이웃처럼 흔들리고 생각하고
그렇게 서로 어울려가며
짝퉁이 되는 것이다
짐짓 속이고 속아주는 것이다

감 따기

하늘을 봐야 별을 딴다고 했지
감을 따며
오래간만에 푸른 하늘을 봤다
잎이 다 떨어진 감나무 가지마다
별처럼 빛나는 감이
셀 수 없이 매달려 있다
지나가는 사람마다
한마디씩 칭찬을 해서 그런지
맛도 혀를 춤추게 만든다
이사 와서 어린 나무를 심었을 뿐
저 혼자 크고 잎과 꽃 피우고
저 혼자 익었는데
보은의 정도가 좀 과하다
아내는 감나무 밑에서 나는 위에서
각방을 쓰던 부부가
오래간만에 하늘을 보며
별을 땄다
합방合房을 했다

마라톤

모든 과거는 쓸데없다
어제는 어금니 빠진 세월일 뿐
나를 사랑하던 모든 이들은
지금 링 밖에 있다
케케묵은 시간을 질러가려면
지체하지 말고 옷을 벗고
길 위로 나서라
반칙은 가문의 수치
모든 과거는 목소리가 없다
어제는 바람 빠진 세월일 뿐
포기라는 단어는
지금 링 안에 있다
어제의 박수 소리는 사전에서 지우자
인생은 마라톤
마라톤은 완주가 중요하니까

대청호를 맴도는 친구에게

기해년 삼월 삼짇날 점심 무렵
상배喪配한 고향 친구 찾아왔다
봄바람이 중매를 서준 덕분에
막다른 골목에서 만난 인연과
봄나들이 가는 길
그냥 지나가기가 미안한 봄바람처럼
슬몃 들어와서는
무심히 지나가는 세월 불러 세워
검불 같은 옷이라도 입혀 주려고
무릎 꿇었다고 웃는다
대청호 수면 위에
꺼지지 않는 그리움의 외등外燈 하나 켜놓고
날 지새워 눈물 마르도록 맴도는 친구여
떠나보낸 사랑만 쓰다듬지 말고
흘러가는 흰 구름의 옷걸이라도 되시게나
나중에 죽어서 그대의 그대에게
내가 그대 대신 변명해 주리니

나무는 잠든 듯 잠들지 않았나 보다

지난겨울 동안 나무는
잠든 듯 잠들지 않았나 보다
저녁 설거지를 끝낸 어머니가
잠을 설치며 아침상을 생각하는 것처럼
퇴근하고 돌아온 아버지가
잠시 눈 붙이다 새벽에 출근하는 것처럼
가을을 떠나보낸 모든 나무들
봄맞이 준비하느라고
지난겨울 내내
쉬는 듯 쉬지 않았나 보다
아직 추위가 묻어있는 이른 봄
새순이 움트는
나뭇가지를 보면 그걸 알 수 있다
작은 나무 큰 나무
거느린 가지마다
연보랏빛 애기 손 내미는 걸 보면
그 많은 추운 날
겨울잠을 자는 듯 자지 않은 걸 알 수 있다

짐짓 죄를 짓고

주차된 차에 이상이 없느냐고
한밤중에 전화가 걸려 왔다
어제 아침나절에
차 앞 유리에 금이 간 것을 발견했으니
아마도 장시간 고민했을 것이다
문득 남의 소중한 마음에 상처를 내고
꿈자리가 뒤숭숭했던 지난 시절이 떠올랐다
무릇 움직이는 사람은 모두
블랙박스는 물론 후방카메라도
마음속에 장착해야 한다
내비게이션을 달고 전방만 살피며
꽃길만 찾아가지 말고
좀 전까지 지나온 길 모두
재생 버튼을 눌러보아야 한다
뒤통수에 백미러를 달고
인생길 차선을 잘 지키며
오매불망 안진 운행에 신경을 써야 한다

유정란

영양분 차이는 없다는데
굳이 유정란을 찾는 이유는 무엇일까
닭을 길러본 사람은 안다
그 조그마한 타원의 구 안에
날마다 새벽을 여는 소리
세상 최초의 가장 깨끗한 서기가
그 안에 서려있기 때문이다
우리가 꿈에도 찾아 헤매는,
아직 아무 티가 없는
명징한 울림
날마다 새로운 세상을 여는 여명의 빛이
그 안에 깃들어 있기 때문이다
먹이가 있으면 꼬꼬거리며
암탉을 먼저 먹게 하고
위험이 닥치면 목숨을 바쳐
적을 몰아내는
수탉의 볏 같은 사랑이
침묵의 구 안에 눈 뜨고 있기 때문이다

까치밥

감나무 가지 끝에 까치밥
겨울이 다 지나가도록
마냥 매달려 있다
까치도, 참새도
어디든 날아갈 수 있는데
무릎이 망가진 육신
지상에서 제대로 걷지도 못하고
까치밥이나 바라보고 있구나
오래도록 까치밥 바라기 하다가
나중에는
아무도 찾지 않는
허공중에 까치밥이나 되겠구나
그렇다, 삶의 마지막은
배고픈 어느 즘생의 밥,
한 줌 거름이라도 되는 것이 아니냐

말뚝

팔자는 마음속에 심은 말뚝이다
우리 동네에는 무당집이 많은데
물어보지 않아도
험난한 세월의 소용돌이에
휩쓸려 가다가 어느 모퉁이에 박힌
팔자는 말뚝이 좌우한다
주어진 운명이란 것, 더러는 정처 없이 떠돌다가
팔자가 뒤집히기도 하고
풍딴지처럼 솟아있는 저 무심한 말뚝에
때로는 걸려 넘어지기도 하지
인생은 말뚝이 아니라고 믿는 어떤 사람이
평생을 열심히 살다가
자기가 심은 나무의 전지를 하는 도중
나뭇가지에 깔려 사경을 헤맨다는데
요행으로 아직 목숨이 붙어있기 망정이지
두말 필요 없이
팔자를 좌우하는 것은 말뚝이다

도깨비바늘

지난가을에 입었던 바지에
은밀하게 움직이는 밤손님처럼
여기저기 풀씨가 붙어있다
달라붙어 있어봐야
다시 일하러 갈 날 기약 없는데
소 죽은 귀신처럼 꼭 붙어
어디엔가 뿌리내릴 그날
회생을 꿈꾸고 있는 저 도깨비바늘처럼
그래, 산다는 것은
이 세상 어디에든 달라붙어
악착같이 매달려
결코 꿈을 포기하지 않는 것이다
모든 가능성을 꼭 끌어안고
죽자 사자 매달리는 것이다

안개

안개가 자욱한 날은
주파수도 길을 잃는다
산골에서 세상을 향해 목을 뺀 안테나
93.1과 93.9 사이에
낯선 음악이 끼어들었다
연로하면 안테나도 귀가 어두운지
흐렸다가 맑았다가 컸다가 작았다가
안개가 자욱한 날은
그대를 그리워하는
내 생각도 길을 잃는다
차라리 며칠이고 묵어갈 수 있도록
하늘길, 뱃길이
모두 막혔으면 좋겠다
안개가 자욱한 날
오고 가는 길이 막힌 라디오처럼
그대 생각도 결항이 되어
핑계 김에
며칠이고 머물렀으면 좋겠다

목욕탕에서

외로운 사람은 등이 슬프다
목욕탕 귀퉁이에서
혼자 몸을 씻고 있는 어린아이
어딘지 등이 슬퍼 보여서 말을 걸었다
부모님 일찍 여의고
누나하고 둘이 살고 있다니
일찍 철이 났는지
입은 무겁고 손이 야무지다
늦은 나이에 혼자 몸을 씻고 있는 나
이른 나이에 혼자 몸을 씻고 있는 너
서로 슬픈 등을 밀어주며
다음에 또 만나자고
손가락 걸었다

비누 같은 사람

비누에는
처음부터 향기가 별로이거나
처음에는 향기롭다가
쓸수록 향기가 사라지거나
다 닳아 없어질 때까지
향기가 그대로인 비누가 있다
세월이 가도
향기가 비누같이 나는 사람
세월이 다 닳아 없어져도
향기는 변함이 없는
그런 비누 같은 사람
그런 비누 같은 사랑아

수영장에서

아주머니 몇몇이
물속에서 손바닥을 보며 깔깔 웃는다
요즈음은 수영장에서
손금도 보는 모양이다
이왕이면 다홍치마
수영복을 입고 물속에서 손금을 보면
팔자에 없는 재복도 터지고
생명선도 더 길어지지 않을까
물은 가볍거나 무겁거나
키가 크거나 작거나
돈이 많거나 적거나
사람을 차별하지 않고
달콤하게 속삭이는 손으로
마음을 둥둥 뜨게 만드니까

봄이 오는 길목

겨울을 거쳐야 슬픔의 손마다
촛불을 켤 수 있는가
매운 연기를 마신 눈의 눈물이
불 피우고 싶었던 자욱한 사연이
겨울을 거치며 입은 동상 때문이라고
콜록이며 변명이라도 하게 되는가
누군가
사랑은 버릴수록 깊어진다고 말했지만
나는 겨울을 거치면서야 그걸 알았네
겨울을 거치면
과거와 현재가 바다를 건너 만나는가
지난가을이 두고 간 오해가
아우라지 강물처럼 다시 손을 맞잡는가
그대가 외면해서 외로웠던 산천이
허물어진 고향 처마 밑까지 가까이 내려와
남몰래 초승달로 다시 소생하는가

정자

산모퉁이 고목나무 밑에
홀로 서있는 외로운 정자 하나
지나가는 바람에게
흘러가는 시냇물에게
하늘에 떠있는 구름에게 말을 건다
이제 와 생각하니
이 주변에서 노닐던 온갖 곡조曲調는
어설픈 사랑을 연출하기 위한 위장술이었을까
변심한 사람도 곡절이 있겠지만
고향으로 돌아가는 길가
풍광 따라 피고 진 인연의 꽃처럼
정자 하나 고집스럽게 제자리를 지키며
의미 없이 핀 꽃이 없다고
꽃은 피어있는 모습 그대로 주인공이라고
지나가는 뭇 인적人跡 붙들고 하소연이다
말을 걸어봤자 소용없는 일이지만

편의점에서 2

천 원짜리 지폐 한 장
백 원짜리 동전 두 개
오십 원짜리 동전 네 개
십 원짜리 동전 큰 것 다섯 개
작은 것 다섯 개

늦은 밤
피곤한 표정의 나그네가
지갑을 털어 내놓은 이것은
안성탕면 두 봉지와
고달픈 인생을 건져 올려야 할
나무젓가락 한 개
그 쓸쓸한 계산서

제4부

편지

다세대주택 편지함에는
읽어보지 않은 편지들이 많다
도착한 지 오래된 듯
비바람에 퇴색되거나
기다림에 지쳐
제 스스로 갈 곳을 포기한 편지들
무슨 사연일까
보낸 사람도 있고 받을 사람도 있는데
오도 가도 못하고
문전 박대당한 채 떨고 있다가
미처 인사도 나누지 못하고 떠나야 할
저 남루한 안부安否들이
열리지 않는 문 앞에서
이름이라도 불러보고 가려고
오늘도 기다린다
내일도 기다릴 것이다
내가 전한 소식 한 편은
지금 어디서 문전 박대당하고 있을까

난로를 피우며

어설픈 욕구의 불로
이 세상 모든 것
과거와 현재와 미래까지
모두 불태워 봤다
신의 이름으로 맺은 사랑의 서약
죽음을 넘어서는 굳은 맹세
수많은 증인 앞에서
영혼을 바치겠다고 공언한 선서
저 움직일 수 없는 수많은 약속을
모두 불살라 봤지만
도무지 태울 수 없었던 것은
그대와의 언약
언제까지나 기다리고 있겠다는
순수로 쓴 손 글씨
젊은 날의 서약 한마디

고양이의 철학

집 주변을 맴도는 고양이가
좀처럼 곁을 주지 않는다
날마다 찾아와 사료와 물은 먹어도
사주경계를 늦추지 않는다
사람의 손길은 거부하는
그 적당한 거리쯤에서
고양이와 내가 공존한다
이 세상의 모든 파열음은
서로 마음의 거리를 잘 지키지 못해
빚어지는 일이 많다
너무 멀어서 다투고
너무 가까워서 싸운다
사랑하는 마음과 마음이
오래 머무는 간격은 얼마쯤이며
사랑이 머물다 떠난 거리는 얼마쯤일까
삶의 간격을 터득한 고양이가 부럽다

시치미를 떼고 쓴 시

평등하게 계절이 바뀌는 시냇가에서
흐르는 시간과 무관하게
봄빛을 건져 올리고 있는 오리 몇 마리
물 위에 떠있는 모습은 평화롭지만
물속에 있는 다리는
대개의 일상처럼 매우 분주하다
겉으로는 태연하지만
보이지 않는 삶은 매우 치열하다는 사실을
오리 다리를 보면 알 수 있다
물도 수많은 사연과 함께 흐른다
오리는 물 위에서 헤엄치고
먹이를 잡아먹고
쉬거나 깃털을 고르면서 살지만
어느 얼굴이 두꺼운 사람처럼
닭 잡아먹고 오리발 내미는 일은 없을 것이다
가진 것도 없지만 '오리'라는 체면도 있으니까

나무들이 서서 자며

모든 나무는 자나 깨나 서있다
사시사철 베개도 없이 서서 자면서
이웃들에게 잠자리를 내준다
산에서, 들판에서
길거리에서, 마을까지 내려와
동구 밖에서
때로는 비를 맞고
찬바람을 몸으로 막으며
자신들은 그냥 선 채로 잠을 자면서
온갖 즘생들에게
따뜻한 잠자리를 내준다
아니, 낮에도 그늘을 마련하니
아예 잠도 자지 않는 모양이다
이 세상
탁한 하늘과 죽어가는 땅이 걱정되어
밤새 잠 못 자고 지켜보는 모양이다

이상한 하늘

무소식이 희소식이라지만
하느님이 건망증에 걸리셨는지
올겨울은 안부가 뜸하다
눈이 내리지 않는 겨울은
쓸데없는 뉴스만 난분분하고
진심 같지 않은 진심만 안녕하다가
벌써 우수雨水가 우수憂愁하게 왔다
눈이 내리지 않고 무심히 지나간
내 청춘 같은 겨울이여
미끄러지지 말고 잘 가라
그 반짝이던 눈망울은
이제 추억 속에서만 아름답게 빛나리니
누구를 탓하랴
눈이 뜸한 겨울은
무릎이 안녕하지 못한
근심투성이 내 처방전 같다

모든 돌에게는 뿌리가 있다

돌도 뿌리가 있다
살아있는 나무처럼
침묵의 무게만큼
작은 돌은 작은 뿌리
큰 돌은 큰 뿌리
가슴을 후벼 파는 포클레인에
뿌리가 뽑히면
돌도 가늠하기 어려울 만큼
아프다 각자 흘러온 시간만큼
땅속 깊이 내린 침묵의 뿌리만큼
고통스럽다
유성遊星도 뿌리가 뽑혀
우주를 유랑하는 슬픈 돌이 아닐까
우리가 알지 못하는
천년을 풀어도 실타래가 닿을 수 없는
그 시퍼렇게 깊고 거대한 뿌리가 뽑힌

늦은 은행잎

바람에 우수수 지는
노란 은행잎은
낙엽이 아니라 낙화다
떨어지는 잎이 아니라
피는 꽃이다
누군가 생을 마치고 떠나는 날
펜을 놓으며 찍는 마침표가 아니라
아름다운 가을의 이정표 앞에
느낌표를 남기고 가는 꽃잎이다
노란 은행잎은
가을이 쓰고 가는
아름다운 이별 편지

수선화

집 근처 파출소 앞에
겨우내 숨어 살던 봄의 전령이 제 발로 찾아왔다
겨울 동안 잠수 타다가 자진 출석한 것이다
어디서 본 듯하면서 낯선 얼굴
이국적이면서 토종 같은 이목구비
웃고 있는 듯 웃지 않으며
울고 있는 듯 울지 않는 모습이
공개 수배당한 몽타주와 비슷하다
일 년에 한 번씩 헛된 꿈을 꾸게 하고
순진한 마음을 훔쳐 간 죄
무릎을 꿇고 사죄하러 온 것인가
이별 없이도 흔들리는 눈동자
이미 슬플 준비가 되어있는 눈썹
수줍게 미소를 머금고 있다가도
금세 눈물을 훔칠 것 같은 표정에
한 번 속고 두 번 속고 그리고 또 속는다
기쁜 듯 슬픈 이중성은 죄가 아니다

권정생

대문도 없고 담도 없으며
들꽃이 문패였으니
그의 이름 앞과 뒤에
아무런 수식어를 붙이지 말자
무명옷도 입히지 말고
그냥 이름 석 자
그의 이름은 맨몸으로 족하다
그가 쓴 글은
이름 정생正生과 꼭 닮아서
새 한 마리가 물고 날아갈 만큼
헐벗었으되 죄가 묻지 않았다
연골이 파괴되어
걷지 못한다고 우울의 늪에 빠지는 것은
부끄러운 짓이다
천형을 딛고 일어선
그의 이름을 등에 지고
꿈속의 빌뱅이 언덕 주변을
걷고 또 걸었다

미세먼지

현재 임상시험이 진행 중이니
실외 활동을 자제하고 마스크를 착용하고
대중교통을 이용하라고 긴급 재난 문자가 왔다
대기가 어느 정도 탁해야 지상 위의 모든 생물이
무통의 상태로 최후를 맞게 되는지
삶아지면서 사는 개구리 증후군과
인간의 무신경 증상과 어떤 상관관계가 있는지
당국에서 절차에 따라 임상시험 중에 있으니
문단속 잘하고 스스로 건강에 유의하라고
독 안에 갇힌 쥐에게 문자 폭탄이 쏟아지고 있다
성능 좋은 공기청정기를 개발한다고
어항에 갇힌 물고기 신세를 면할 수 있을까
그 비밀을 아는 사람만
지금 지구를 떠날 준비를 하고 있을 것이다

우리 동네 막창집 1

우리 집 옆에는 칼국숫집이 있고
자판기 가게와 보일러집이 있고
당구장과 노래방이 있고
미장원과 농협이 있고
주인이 여러 번 바뀐 막창집이 있다
다른 집은 주인이 그대로인데
유독 막창집 자리만 자꾸 주인이 바뀌더니
드디어 임자가 나타났다
이제 번호를 타야 들어가는 집이 되었다
주인이 안 바뀌는 사연을 알기 위해
많은 사람이 몰려들어
주인이 절대로 안 바뀌는 막창집이 되었다
남는지 밑지는지
애쓰는 만큼 소득이 있는지 없는지
저러다 떼 부자가 되는 건지 아닌지
큰 부자가 되면
주인이 또 바뀌게 되는 건지 아닌지
모든 게 궁금한 막창집이 있다

우리 동네 막창집 2

우리 집 옆집에 대구 막창집이 있는데
종업원이 없다
손님이 종업원이고 종업원이 손님이다
바다에 떠있는 섬처럼
파도가 섬을 위로하고
섬이 파도를 달래준다

우리 동네 막창집은 주인이 없다
손님이 주인이고 주인이 손님이다
하늘에 떠있는 별처럼
손님이 제일 위에 있고
주변에 별이 있고
은하수를 건너
주인은 달처럼 뜨고
지구처럼 돈다

시인이 그러면 쓰나

어제도 실례를 했다
내게 찾아온 따뜻한 가을빛을
그냥 빈손으로 보냈다
맑은 바람 한 줄기
하늘에 떠있는 흰 구름 한 점
그냥 빈손으로 보냈다
시인이 그러면 쓰나

오늘도 낙엽과 함께 내리는 늦가을 비
한 장 한 장 숨죽여 쌓이는 귀한 추억을
그냥 빈손으로 보냈다
모두 소중한 인연들인데
빈손으로 보내는 우를 밥 먹듯 범하면서
태평하다, 간식까지 챙긴다
시인이 그러면 쓰나

그대가 내게 보낸 수많은 사연
답장을 보내지 않는 실수를
내일도 하게 되지 않을까
방금도 오색 단풍길 지나가며

신호등 앞에서 꼬리물기를 했다
시인이 그러면 쓰나

마음은 청춘

아버지가 짚으시던 지팡이를
아들이 짚고 다니듯
아버지가 쓰시던 마음은 청춘이란 말을
자식들이 그대로 물려받아 쓴다
원래 본적도 없고
주소도 나이도 모르며
그가 어떻게 살아왔는지
그 참모습이나
이력에 대해 아무도 모르는
천애 고아 같은 그 말이
아주 오랜 옛날부터 지금까지
나이도 먹지 않고 장수하는 걸 보면
청춘은 세월과 무관한 모양이다
세월이 가거나 말거나
떠나간 님, 잊힌 님
그리던 님이 행여 오실까
오늘도 마음은 청춘

나비의 꿈

나비의 날개는 수명이 없다
죽어서도
날개를 접지 않는다
바람이 불면
접었던 꿈을 펼치듯
날개를 움직인다
날기를 멈추지 않는 것이다
나풀나풀
나비는 영혼이 되어서라도
하늘을 날아다니며
죽어도 죽지 않는다

가송리

풍세면 가송리佳松里에 가서
이리 구불 저리 구불 온 마을을 뒤졌지만
근사한 소나무는 만나지 못하고
구부러진 소나무처럼 등이 휜 늙은 소 한 마리와
손님 한 명 태우고 종점으로 가는 시내버스 한 대
일요일에도 조용한 교회 앞마당
쉬고 있는 정미소
경매로 넘어갔다는 친구의 빈 양계장
어느 문중의 묘지 몇 기
모락모락 연기가 피어오르는 한가로운 풍경 사이로
우르릉 두 눈 부릅뜨고
번개같이 나타났다가 사라지는
천둥소리보다 빠른 케이티엑스
작두 위의 칼춤만 보고 왔다
시도 때도 없이 마른번개와
천둥 벼락이 몰아치는 풍세면 가송리
고속열차 달리듯 올 한 해
풍년가나 우르릉 불러젖혔으면 오죽 좋으련

이야기꽃이 피다

요즈음 동네마다 이야기꽃이 피어
어지러운 머리를 삭발하고
꽃나무 아래로 탁발하러 가서
꽃이 말하고 싶은 사연을
담아 오려고 했더니
연식年式이 오래되다 보니
첫사랑 문구를 아무리 더듬어도
간절한 그 얼굴 찾을 길이 없다
목탁이 길을 잃고
중고 부품 주머니를 뒤적이고 있을 때
누군가 스위치를 올린 듯
꽃나무마다 환하게 불을 밝힌다
아, 꽃이란 저렇게
남 어려울 때 불을 켜주는 것
오늘은 나도 그대의 그리운 불이 되어
그대 앞에
꽃 한 송이로 피고 싶다

회전교차로

어지럼증에 걸린 것일까
밤잠을 설쳐서일까
고향 집 앞에 회전교차로가 생기고
초저녁부터 가로등이 대낮처럼 밝게 켜지니
피해가 크다고 야단들이다
사람이나 식물이나
역사는 밤에 이루어지는데
대낮같이 밝은 가로등 때문일까
뜬눈으로 밤을 지새운 농작물들이
밤일을 제대로 못 해서
자식 생산을 못 하게 생겼으니
큰일도 보통 큰일이 아니다
교통량이 뜸한 한밤중에도
대낮같이 불을 밝히고 서있는 가로등은
언제 밤일을 하고
언제 역사를 쓸까

이팝나무에게

일 년생 이팝나무 묘목을 심고
이제나저제나 기다렸지만
꽃은 필 기미도 없고 잎만 무성하였다
풀을 깎고 가지치기를 하고
선녀벌레 방제 작업을 하며
너는 이팝나무가 아니야
이팝나무 비슷한 짝퉁일지 몰라
5, 6년 동안 의심만 키웠다
말 없는 이팝나무가
그동안 마음고생이 심했으리라
7년 만에 꽃을 피운 이팝나무가
충고 한마디 한다
땅은 정직한 심장이다
그 심장 속에 뿌리 내린 나무는
절대 남을 속이지 않는다
속고 속이는 머리와
속이기 위한 술수는
땅속에는 없다

발치拔齒

다섯 개의 이를 빼니
다섯 개의 희망도 빠진 듯 두통이 심하다
다섯 개의 임시 치아가
당분간 빠진 희망의 자리를 대신하겠지만
의사의 말대로
호미로 막을 일 가래로 막게 되었으니
이 나이에
까치에게 새 이를 달라고 부탁할 수도 없고
이제 인공치아의 힘으로
웃고 미워하고 슬퍼하고 그리워하다가
마음이 변했을 때
옛날처럼 미운 이름 씹기는 어려울 것이다
입이 헐렁해서
씹어도 씹는 맛이 예전만 못할 것이다
앞에서는 앞말하고
돌아서서 뒷말하지 말라고
하느님이 내리신 벌이다

해 설

삶에 대한 성찰과 부정의 시학

황정산(시인, 문학평론가)

1. 들어가며

인생에 대해서는 정말 많은 말들이 있다. 모든 격언과 속담들 그리고 수없이 쏟아져 나오는 자기 계발서들이 인생에 대해서 훈수를 하고 있다. 하지만 사람의 인생이 속담의 몇 마디 말로 그리고 자기 계발서의 몇 가지 팁으로 정리될 수 있는 것은 아니다. 사람의 삶은 각각의 삶마다 다다른 구체성을 가지고 있어 쉽게 일반화할 수 없을 뿐만 아니라 그 어떤 말로도 간단히 설명할 수 없는 복잡성을 가지고 있기 때문이다.

이 복잡성에서 헤어나지 못하는 사람들의 불안한 심리를 달래주는 것이 최근 유행하고 있는 타로나 명리학이다. 이

것들은 나름의 논리와 체계를 세우는 것처럼 보이긴 하지만 유사성 사고에 뿌리를 둔 자의적 인과관계 설정일 뿐으로 복잡한 삶에 대한 합리적 과학적 설명과는 거리가 멀다. 복잡성을 신비화시켜 사람들에게 헛된 믿음을 줄 뿐이다.

이 복잡성을 복잡함 그대로 보여 주는 것이 바로 문학이 하는 일이다. 문학은 사람들의 삶을 보여 준다. 하지만 그 삶을 일반화시키거나 삶의 정답을 말하지 않는다. 거꾸로 기존의 정답을 부정하고 삶에 대한 일반화된 설명을 구체적인 사례들로 뒤엎는다. 아무리 과학과 학문이 발전해도 문학의 자리가 남아있는 것은 바로 이 때문이다. 문학은 인간의 삶을 정리해서 설명하는 것이 아니라 정리될 수 없는 것이 인간의 삶이라고 말해 준다.

안홍열 시인의 시들은 바로 이 정답 없는 삶의 매 순간의 깨달음을 우리에게 보여 준다. 그 깨달음은 인생에 대한 훈수나 잠언이 아니라, 그런 것들이 존재하지 않는다는 것을 알게 해주는 깨달음이다.

2. 지체와 실패로서의 우리의 삶

스스로 성공했다고 믿는 사람은 드물다. 죽는 순간까지 모든 것을 다 이루었다고 말할 수 있는 사람이 몇 명이나 될까? 우리의 욕망이 사라지지 않는 한 사람들은 항상 결핍을 느끼고 좌절을 경험한다. 때문에 누구의 삶도 아직 완

성되지 못한 지체된 것이거나 자신의 목표에서 빗나간 실패한 것이기 십상이다. 안홍열 시인이 바라본 삶도 이와 다르지 않다.

세수를 하고 거울을 보니

코털이 삐죽 나와 있다

가위로 자르니 눈썹도 몇 가닥 길다

눈썹을 자르니 귀밑머리가 삐져 보여서

왼쪽 머리를 자르니

오른쪽이 머리가 길어 보이고

기왕에 가위를 든 마당에

자꾸 흘러내리는 앞머리도 조금 자르니

이번에는 뒷머리가 길다

아뿔싸

그동안 내가 무수히 뱉어버린

보기 흉한 말과 글의 터럭

어지러운 저 발자국은

잘라낼 수가 없으니 어쩌랴

그 숱한 만행漫行은 나중에

흉한 만장輓章이 되어 내 관을 덮겠지

　　　　　　　　　　—「터럭을 자르다가」 전문

눈썹을 자르고 귀밑머리를 정리한다는 것은 삶을 단정히 영위하는 것이고 그것은 인생의 목표와 방향을 확실히 하는 것이기도 하다. 하지만 시인은 그런 일에 매번 실패한다. 자신이 내뱉은 흉한 말들과 자신이 행한 만행이 자신의 인생에 '어지러운 발자국'을 남겼기 때문이다. 결국, 인생이라는 것은 죽음을 장식하는 만장처럼 자신의 언행 삶을 어지럽힌 결과물일 뿐이라는 것이다. 시인은 이런 실패를 받아들인다. 하지만 끝까지 가위를 들고 그런 인생을 바로잡아 보려고 노력한다. 시를 쓰는 일이 바로 그런 일과 다르지 않다. 숱한 실패로 점철된 삶을 바로잡고 자신이 뱉은 흉한 말들을 조금이라도 바로잡으려는 노력이 지난한 언어의 노정에 빠져들게 한 것이다. 하지만 그 길은 뜬구름 잡는 또 다른 실패의 길이기도 하다.

남자들이란 죽을 때 철든다는데
철없던 시절
나그네라는 말이 근사해 보여서
정말 나그네가 된 시인이 있었지
꿈은 꿈속에서나 아름답다는 걸 모르고
이곳저곳 뜬구름 따라 흐르며
실패의 발만 동동 구르며 살았으니
그가 거느린 식솔
그가 쓰는 글도 헐벗고 추웠지

새 중에도 나그네가 있다는데

그 새는 왜 나그네새가 되었을까

나그네처럼 떠도는 새이니

지금도 낭만의 강가에서

근사한 먹이를 쪼고 있을까

자식들 밥이나 굶기지는 않고 있을까

나그네 시인처럼

마누라 덕에 밥은 얻어먹고 있을까

—「나그네새」 전문

시인은 스스로를 "나그네새"라고 생각한다. 꿈속을 찾아 헤매는 낭만의 강가에서 헐벗고 추운 상태로 "실패의 발만 동동 구르며 살"고 있기 때문이다. 이렇게 보면 시인은 실패를 운명으로 생각하고 실패를 받아들이는 사람이다. 그런데 왜 그는 성공보다는 실패에 끌리는 것일까? 성공은 현실을 받아들여야 가능하기 때문이다. 가능하다기보다는 현실에 안주해야 그것이 성공이라고 느끼기 때문일 것이다. 꿈속에서나 아름다운 꿈을 좇는 시인에게 애초에 성공은 존재하지 않고 실패만이 예비되어 있다. 시인은 그래서 적극적으로 이 실패를 받아들인다.

지지고 볶고 울고불고

읽고 치고 두드리고 지르고……

결가부좌 틀고 참선하다가

슬럼프에 빠지기도 하다가

결국 서툰 말과 서툰 글쓰기를 멈추고

서툰 눈과 귀를 빌려

남의 기도를 필사하기로 했다

차라리 다른 집의 장맛을 염탐하며

실패의 비법을 터득해 보기로 했다

나락에 떨어지는 아픔을 베끼다가

비운悲運의 운세까지 암송하게 되면

빌고 빌던 손을 허공에 냅다 휘저으며

한 곡조 꺾어보기도 하면서

팔자를 바꾸는 재주가 없는 나는

이지러진 관상을 따라

그냥 지나가는 바람의 그림자라도

미행해 보기로 했다

—「어떤 필사」 전문

안홍열 시인은 시인이 시를 쓴다는 것을 "실패의 비법을 터득"하는 것이라 말하고 있다. 글쓰기도 도를 닦는 것에도 종교에 빠지는 것에도 시인은 다 실패한다. 시인이 이제 할 수 있는 것은 시를 쓰는 것뿐이다. 시인이 된다는 것은 처음부터 이 실패를 받아들이는 것이고 바로 이것을 통해 모든 실패한 인생을 피하지 않고 마주할 수 있게 되는 것이다. 이 실패를 받아들일 때 비로소 삶을 진실을 마주할 눈이 생긴다. 그 눈으로 봤을 때 우리의 모든 삶은 미완성이고 지체된 "유급 인생"이다.

무릎 연골軟骨이 파괴된

어떤 유급 인생留級人生 하나가

어기적어기적

영평사 비탈길을 오르는데

어머니가 떨구고 가신 눈물 같은

구절초가 나직이 충고한다

우리 늦깎이 꽃처럼 남들 다 피고 진 후

늦은 가을 저녁 무렵에

천천히 피는

지각생 꽃도 있노라고

양지쪽에 자리 잡은 꽃 다 피고 진 후

이름 없는 음지 산비탈에

느지막이 낮달처럼 피는

그런 인생도 있노라고

구절초가 나지막하게

들릴 듯 말 듯 속삭인다

—「구절초」 전문

무릎의 연골이 파괴되었다는 것은 삶의 비탈길을 오를 아주 중요한 수단을 잃었다는 것을 의미한다. 그러므로 그는 인생에 뒤처질 수밖에 없고 그가 소망한 것을 얻기에는 점점 지체되어 그 성공을 기약하기 힘들다. 시인은 바로 이 노년의 삶에서 자신의 인생을 돌아본다. 하지만 늦깎이 꽃인 구절초가 아름다운 것처럼 이렇게 지체되고 유급된 인생이 아름다울 수 있다고 느낀다. 이 지체와 지각이 삶의 또 다른 곳을 좀 더 세세하게 볼 수 있는 눈을 주었기 때문이다. 이미 실패한 삶을 선택한 시인의 삶이 결코 무의미하지 않았다는 것을 시인은 이렇게 에둘러 우리에게 말해 주고 싶었던 것이다.

사실 성공한 삶이란 아무것도 아닌 것일 수 있다. 그것은 단지 다른 사람의 욕망을 욕망하여 모방하고 복사하는 것일 뿐이다.

누군가를 속이는 데에는

그들을 따라올 자가 없다

나뭇잎에 붙어 사는 벌레는

나뭇잎과 구별이 안 된다

먹고살기 위해

스스로 나뭇잎이 된 것이다

위장술에 생사가 달린

나뭇잎 벌레처럼

삶이란 주변 풍경과 닮는 것이다

이웃과 물들고

이웃처럼 흔들리고 생각하고

그렇게 서로 어울려가며

짝퉁이 되는 것이다

짐짓 속이고 속아주는 것이다

—「나뭇잎 벌레」 전문

잘 먹고살기 위해 실패와 지체를 두려워하는 삶은 속이고 속아주는 것이다. 그것은 "짝퉁"이 되는 것이다. 이 짝퉁이기를 거부하고 삶의 진실과 거기에 도달하는 실패와 좌절을 바로 보는 비장한 자세를 견지하는 것이 안홍열 시인이 선택한 방식이고 바로 진정한 시인의 길이기도 하다.

3. 부정과 거부의 언어

안홍열 시인의 시들에는 "아니다" "없다" "안" "못" 같은 부정을 나타내는 단어가 많이 사용된다. 다음 시에서도 거의 모든 행은 부정문으로 되어있다.

무릎 연골 사망 선고를 받은 이후

가끔 새처럼 날고 싶지만

새같이 입이 작을 수도 없고

눈이 선할 수도, 다리가 가늘 수도

똥을 조금 눌 수도 없으며

발톱 속에 감춘 죄가 새만큼 가벼울 수도 없어서

지상에 직립하는 것에 만족하기 위하여

비상의 꿈을 포기하고 그냥

좌변기에 앉아 일을 보기로 했다

계단보다 엘리베이터, 의자, 경사로, 지팡이 등

모든 보통명사들이 막히고 무너지는 소리를

꿈속에서도 들으며

산책과 양반다리와 무릎 꿇는 행복을

꿈꾸는 방향으로 목표를 수정했다

적은 오랑캐가 아니고

쌀이며 밀가루 빵 같은 탄수화물

그 입력의 양과 질이다

―「비상을 꿈꾸다가」 전문

　시인은 자신이 할 수 없는 것들을 나열하고 있다. 물론 할
수 없는 이유는 무릎 연골이 상했기 때문이다. 그것은 우리
삶의 모든 장애들의 비유이기도 하다. 우리는 살면서 모두
장애를 경험한다. 그것은 나의 신체에서 기인하는 것이기

도 하고 사회적 관계에서 만들어지기도 하고 내 마음속에서 스스로 생겨나기도 한다. 그것 때문에 우리는 이상을 포기하고 현실에 안주한다. 그러므로 사실 우리 모두는 다 좌절을 경험하고 산다. 시인은 이 좌절을 받아들여 "무릎 꿇는 행복을/ 꿈꾸는 방향으로 목표를 수정"한다. 그런데 이 포기와 목표 수정은 현실에 안주하는 것이 아니라 사실은 현실의 고통을 받아들이는 것이다.

이런 부정의 말들을 통해 시인은 우리의 통념과 삶에 규정된 기존의 생각들을 거부한다. 그런 거부를 통해 우리가 잃어버린 진정한 가치가 무엇인지를 생각하게 한다.

연장을 허리에 차고 일하는 목수처럼

살면서 가까이 두어야 할 것들이 있다

소소한 물건도 가까이 두고

자주 사용하지 않으면

쓰는 시간보다 찾는 시간이 많다

사랑한다는 말도 그렇다

자주 쓰지 않으면 찾기가 어렵다

요즈음 대화를 나누다가

적당한 단어가 떠오르지 않거나

이름이 머릿속에서 기억나지 않거나

방금 전에 한 말이 무슨 내용인지 몰라

곤혹스러울 때가 많다

목수가 연장을 미리 갈고 닦아

몸 가까이 지니는 것처럼

지나간 기억을 허리에 찰 수도 없고

걱정이 걱정을 낳아

걱정이 많아지는 게 또 걱정이다

지금도 머리맡에 걱정이 즐비하다

　　　　　　　　　　─「목수는 연장을 허리에 차고」 전문

　시인은 잃어버리고 없어지는 것들을 생각한다. 그러다가 문득 잃어버린 "사랑"이라는 말을 생각한다. 이 말을 사용하지 않으니 사랑의 가치를 잃어버린 것처럼 느껴진다. 그와 마찬가지로 시인에게 걱정이 많은 것도 사실은 걱정을 걱정으로 만든 말들 때문이다. 그 말들이 생각나지 않아 걱정인 것이다. 다시 말해 자신의 삶을 돌아볼 단어들을 만들어내지 못한 삶의 불행을 시인은 말하고 있다. 오직 이 불행은 말을 찾는 것으로 견딜 수 있고 그 말을 찾는 과정이 어쩌면 시를 쓰는 행위일 것이다. 목수가 연장을 허리에 차듯이 시인은 말을 허리에 차고 세상을 바라보아야 한다는 것이다. 그것이 잃어버린 가치를 찾아주기 때문이다. 시인은 그 잃어버린 것을 끊임없이 생각하기 위해 '없는 것' '잃어버린 것' '못하는 것'을 생각한다. 이렇게 해서 시인의 부정문은 부정을 거부하기 위한 부정임을 우리는 알 수 있다.

다음 시에서도 우리는 이 부정의 정신을 볼 수 있다.

어제도 실례를 했다
내게 찾아온 따뜻한 가을빛을
그냥 빈손으로 보냈다
맑은 바람 한 줄기
하늘에 떠있는 흰 구름 한 점
그냥 빈손으로 보냈다
시인이 그러면 쓰나

오늘도 낙엽과 함께 내리는 늦가을 비
한 장 한 장 숨죽여 쌓이는 귀한 추억을
그냥 빈손으로 보냈다
모두 소중한 인연들인데
빈손으로 보내는 우를 밥 먹듯 범하면서
태평하다, 간식까지 챙긴다
시인이 그러면 쓰나

그대가 내게 보낸 수많은 사연
답장을 보내지 않는 실수를
내일도 하게 되지 않을까
방금도 오색단풍길 지나가며

신호등 앞에서 꼬리물기를 했다

시인인이 그러면 쓰나

—「시인이 그러면 쓰나」 전문

시인은 시인이 그러면 쓰나, 라고 반성하고 있지만 짐짓 시인은 그래야 한다고 생각한다. 실수하고 부정하고 일탈을 범하면서 무엇이 진실이고 무엇이 진정한 가치인지를 스스로 깨달아야 한다는 것이다. 그러므로 시인이 행한 부정은 방법적 부정이라 할 수 있다. 삶의 형식과 규범의 틀에 갇혀서는 우리의 복잡한 삶의 진실을 마주할 수도 볼 수도 없기 때문이다. 이런 깨어있는 정신을 가지고 있을 때 시인은 우리가 평소 잃어버리고 살고 있는 사랑이라는 가치를 회복할 수 있게 된다.

선택은 사랑이다

한참을 생각하고 혹은 눈으로 만지고

손으로 잡았다가 놓고

또 들었다가 놓고

전화를 걸어 물어보기도 하고

사진을 찍어 보내기도 하고

계산대까지 왔다가

다시 바꾸기도 하고 환불하기도 하고

한 바퀴 비잉 둘러보다가

그냥 나가기도 한다

작은 물건 하나도

저렇듯 고르기가 쉽지 않은데

사랑은 매 순간이 선택이다

그동안 나를 선택해 준 그 모든 사람들

그 모오든 인연들이 고맙다

—「편의점에서」 전문

사랑이라는 가장 중요한 삶의 가치는 그냥 주어지는 것
도, 말로 한다고 이루어지는 것도 아니라고 한다. 그것은
매 순간 선택해야 할 고민을 통해 가능한 것이다. 나를 선
택해 준 사람들 역시 마찬가지로 이 고민을 통해 내게 사랑
을 베풀었을 것이라고 시인은 생각한다. 이처럼 사랑을 하
기 위해서는 우리는 편의점에서 "한 바퀴 비잉 둘러보"듯이
세상을 직접 대면하고 그것의 세세한 진실을 파악한 후 선
택해야 한다. 이런 노력이 우리가 살면서 행한 많은 실패와
지체와 좌절 속에서 우리를 견디게 하는 사랑이라는 가치를
이룰 수 있게 만든다고 시인은 생각하고 있다.

4. 맺으며

안홍열 시인의 시를 읽으면 시 속의 실패와 지체가 바로

나의 것이라는 생각을 하게 된다. 우리 모두는 이와 다르지 않은 좌절을 경험하고 살고 있기 때문이리라. 특히 그의 시는 이러한 좌절을 부정의 언어들을 통해 좀 더 강조해서 우리에게 보여 준다. 우리의 삶은 온통 하지 못한 것, 없어진 것, 잃어버린 것, 할 수 없는 것들 투성이다. 그럼에도 불구하고 시인은 그런 부정적인 말들을 통해 우리의 삶을 바로 보고 그것을 받아들인다. 그렇게 해서 부정성 너머에 존재하는 가치 즉 사랑을 되찾으려 노력한다.

> 마음속에 낫과 호미가 없으면
>
> 온갖 말은 잡초다
>
> …(중략)…
>
> 떠돌이 개도 길들이면
>
> 가축이 되지만
>
> 사랑의 끈을 놓으면
>
> 다시 들개처럼 무국적자가 된다
>
> 내일 죽어도
>
> 오늘 쓰고 싶은 한 편의 목숨 같은 시
>
> 내가 그토록 찾아 헤매는 문장들은
>
> 지금 어디서 풍찬노숙을 하고 있을까
>
> —「나쁜 시」부분

안홍열 시인은 없어진 시를 찾기 위해 시를 쓴다. 어쩌면

이는 모든 시인들의 운명이기도 하다. 찾아 헤맬수록 사라지는 "나쁜 시"를 이토록 갈구하는 이유는 "사랑의 끈을 놓"지 않기 위해서이다. 풍찬노숙을 하고 있는 시를 찾기 위해 시인 역시 풍찬노숙을 일삼는 실패와 지체의 삶을 선택했다. 하지만 그 길이 시인으로서의 실패가 아님을 이 시집의 시들이 잘 말해 주고 있다.

안홍열을 위한 쪽글

나태주(시인)

안홍열이란 이름은 오래된 이름이다. 1970년대에 벌써 시인이었던 이름이다. 그러나 그 이름은 매우 무거운 이름 이라서 오랫동안 가라앉아 있는 바람에 많은 사람에게 잊히 고 말았다. 답답한 일이고 섭섭한 일이다. 뒤에 나온 이름 들이 자라서 그 이름을 덮어버리고 말았다.

이제 그 이름은 오래된 이름이되 낯선 이름이 되었다. 그 래서 다시금 새로운 이름의 줄에 서게 되었다. 나 같으면 이러한 '이름 유급'을 참지 못한다. 그러기에 나는 쉬지 못 하고 조바심으로 오늘날까지 이렇게 와버리고 말았는지 모 른다.

그러나 와버리고 말았다는 점에서는 안홍열도 마찬가지 다. 우리가 세월과의 게임에 밀린 셈이다. 이제라도 신발

끈을 고쳐 신고 부지런히 떠나보아야 할 일이다. 누군가의 말이 떠오른다. 일모도원日暮途遠. 날은 저물어가는데 아직도 갈 길은 멀다.

이는 나의 한탄이자 안홍열의 한탄이다. 이제 우리는 잡았던 삽자루를 놓아야 할 때가 되었다. 하지만 여기서 다시금 말을 고친다. 그럼에도 불구하고. nevertheless. yet. 그럼에도 불구하고 우리는 다시금 시작해야 한다. 흔한 말로 늦은 때를 안 것이 가장 빠른 때이다, 라는 말을 되풀이한다.

안홍열 시인의 시는 처음부터 조용하고 그윽하고 맑았다. 조숙. 일찍 익어버렸다. 출발부터가 그랬다. 나름대로의 깨침이 있었다. 그러나 그것은 거기에서 멈춰버렸다. 더 나아갔어야 했다. 아쉽고 안쓰러운 일이다.

참 힘겹게 발길을 다시 일으켜 옮기기 시작했고 이제 어느 만큼 성과가 나왔다고 본다. 이번에 나온 시집이 그 결과다. 하지만 이것 가지고서는 안 된다. 김소월이나 윤동주 시절엔 시집 한 권 가지고서도 진가를 평가받을 수 있었다. 그러나 지금은 아니다. 많이 써야 하고 오래 써야 하고 계속해서 써야 한다. 그래서 어느 정도 자기만의 음성을 얻어야 한다.

안홍열의 이번 시집은 멈추었다가 다시 길 떠나는 사람의 발걸음 치고서는 성실하고 촘촘하고 발 빠른 견실함이 있다. 그 발걸음 그대로 나아가야 한다. 언제나 우리는 미래의 시인이고 우리의 발길은 낯선 곳에 있다는 걸 잊지 말아야 한다.

나의 해는 비록 저물었고 나의 길은 짧아졌지만 안홍열의 해는 아직도 밝고 그의 길은 멀기를 기원한다. 차라리 우리는 시를 원망해야 했다. 왜 우리를 붙잡고 놓아주지 않는가! 나아가 우리는 자신을 책망해야 한다. 왜 시한테 홀려서 일생을 허비하고 있는가!

우리의 선택. 우리의 낭비. 우리의 허장성세. 우리의 비탄. 그 모든 것이 헛되지 않기를 기원한다. 안홍열. 두 번 다시는 주저앉지 말아라. 우리는 우리에게 재능이 없고 기회가 적었음을 한탄할 일이 아니라 열정이 부족했음을 땅을 치고 통곡해야만 한다.